Collection " Patrie "

LÉON LABARRE

L'ESPIONNAGE BOCHE EN SUISSE

40 c.
Le récit complet illustré.

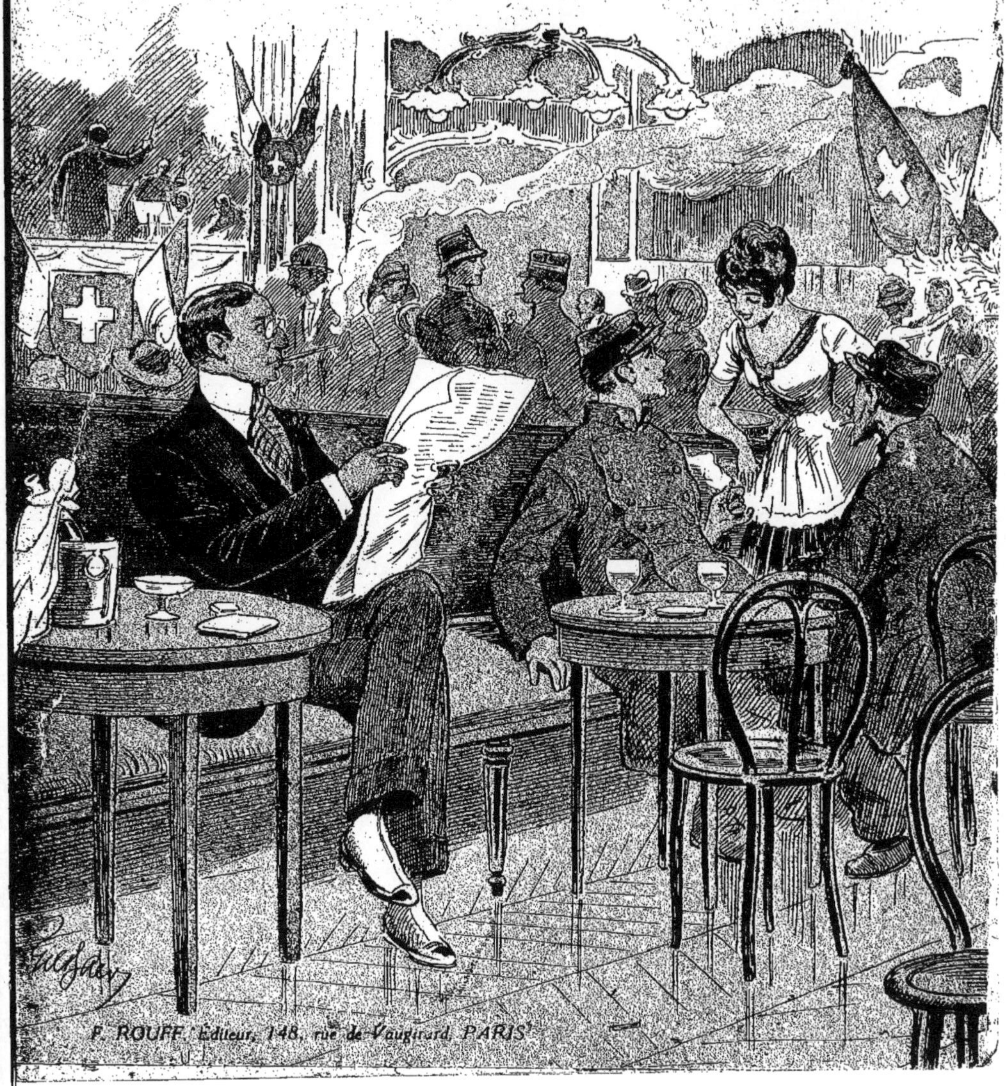

F. ROUFF, Éditeur, 148, rue de Vaugirard, PARIS

L'ESPIONNAGE BOCHE EN SUISSE

Les voleurs de lettres françaises

ON sait combien fut audacieux l'espionnage allemand pendant la guerre, en Suisse surtout, qui, par sa position géographique, offrait un observatoire excellent aux agents boches et à leurs ignobles comparses. Ceux-ci se recrutaient presque toujours parmi cette population nomade, d'origine et de mœurs douteuses, écume de toutes les villes importantes. Paresseux et oisifs, ces individus fournissaient leur principale clientèle à certains établissements publics, cafés-concerts, restaurants de nuit, en particulier à Genève, où débute notre récit.

Justement, ce soir-là, un de ces répugnants mouchards (stipendiés par la légation allemande de Berne, comme cela fut maintes fois prouvé) se trouvait assis, dans l'un de ces bars, devant une bouteille de champagne, cravatée d'une serviette et qui rafraîchissait dans un seau à glace. Hans von Muller (c'était son nom) appuyait au dossier de velours rouge de la banquette un torse large et solide, surmonté d'une figure poupine qu'un faux sourire bonasse striait de quelques rides. Très blond, très pommadé, son nez aquilin surmonté d'un lorgnon d'or, il offrait l'image frappante de l'officier prussien en civil qui affecte de masquer sa raideur militaire par des recherches d'élégance. Vêtu d'une jaquette noire fleurie de mimosas, d'un pantalon rayé gris au pli impeccable, von Muller restait silencieux, portant, parfois, d'un geste nonchalant, sa cigarette à sa bouche.

Son expression, toute sa personne, avaient un air sottement béat.

La salle, miroitante de glaces et de lumières, présentait un coup-d'œil fort joyeux. Avec leurs toilettes de fantaisie aux couleurs souvent criardes, les danseuses répandaient une animation bariolée que les refrains endiablés de l'orchestre accroissaient encore. Von Muller laissait errer les regards indécis de ses yeux pâles sur cette fête de commande (éternellement la même, chaque soir!) ou, plutôt, il feignait de ne regarder personne mais, en réalité, du coin de l'œil, il observait l'une des danseuses, plus rieuse encore que les autres et dont l'abondante chevelure noire complétait fort bien le costume de Carmen. Cette fille, qu'on appelait Paquita, bien qu'engagée depuis peu dans l'établissement, paraissait avoir beaucoup de succès auprès de la clientèle. Petite, potelée, les traits fins et réguliers, elle avait la spécialité d'un « numéro », sorte de habanera terminée par une pirouette fort peu espagnole. Elle se prétendait Sévillane, zézayait un peu en parlant, mais un observateur attentif eût remarqué, en certaines de ses attitudes ou de ses exclamations une vulgarité, une grossièreté fort étrangères à sa race. Paquita, elle aussi, jetait, de loin en loin, un bref regard à l'Allemand, un de ces signes d'intelligence qu'échangent des comparses ou des complices à l'insu de leur entourage. Entre deux tangos, lorsqu'invitée par un de ses partenaires, elle acceptait un whisky ou telle autre liqueur, elle ne perdait pas de vue von Muller, qui l'encourageait d'un sourire.

Quoique fort mêlé, comme on sait, le public des bars était, à Genève, en majorité très francophile. L'entrée de soldats français en uniforme — les premiers internés étaient arrivés à Genève depuis peu de temps — était saluée par des acclamations qui étourdissaient un peu ces braves garçons à peine remis de leur longue captivité en Allemagne. Des gens bien intentionnés et désireux de faire plaisir à des prisonniers fraîchement libérés les forçaient à s'asseoir à leur table. Mais des gredins comme von Muller pouvaient agir de même sans que nos malheureux soldats, peu méfiants et éblouis par le tumulte joyeux au sortir de leurs épouvantables souffrances, se doutassent des périls qui les guettaient.

A un certain moment, deux internés vinrent s'installer près de l'espion et se mirent à bavarder tout en prenant une consommation. Ceux-ci devaient être débarqués depuis quelques semaines déjà car ils portaient des uniformes flambant neufs — des uniformes d'avant-guerre — pantalons rouges, dolmans bleus, bottes vernies. Leurs yeux clairs, leur expression ouverte, disaient leur joie de se trouver enfin en pays ami, de reprendre les habitudes civilisées après l'horreur des camps prussiens.

— As-tu reçu des nouvelles de ton frère? demanda l'un d'eux en prenant une cigarette dans un élégant étui d'argent.

..i, il est en Champagne et espère pouvoir venir me voir ici
...ainement.

L'autre, qui fouillait en vain ses poches pour y trouver ses allu-
mettes, observa, sans lâcher sa « westminster » dont il pinçait le
bout entre ses lèvres :

— S'il peut passer la frontière, il aura de la chance. Le com-
mandement est très sévère, paraît-il. Il redoute les bavardages, il
y a tant d'espions en Suisse, à ce qu'on raconte...

Puis, changeant de sujet, il s'emporta soudain :

— Pas un mortier sur les tables dans cet établissement, marmonna-t-il, c'est assommant... Tu n'as pas de feu?

— Non, dit son camarade qui, à son tour, palpait son uniforme...
Moi, tu sais, je ne fume guère.

A cet instant, herr von Muller, qui n'avait pas perdu un mot de
l'entretien, se hâta d'intervenir :

— Si vous voulez me permettre, monsieur, dit-il avec son plus
aimable sourire...

Et il offrait son briquet qu'il venait d'enflammer.

Une minute le soldat l'observa avant de répondre, puis, rassuré
par le pur accent français de cet étranger, il alluma sa cigarette en
remerciant.

Penché vers son ami, le second interné murmura :

— Vaguement l'air boche, ce bonhomme.

L'autre haussa les épaules : il y a tant de gens qui ont l'air boche
dans les pays neutres! S'il fallait perpétuellement se méfier...

— Ainsi, reprit le second soldat, ton frère est sur le front de
Champagne; comment as-tu pu déjà le savoir depuis le peu de
temps que nous sommes ici?

— C'est ma sœur qui me l'a dit. Elle m'a apporté des nouvelles
toutes fraîches de France, notamment les dernières lettres qu'elle a
reçues d'Hector. Je les ai encore dans mon portefeuille.

Von Muller dressait de plus en plus l'oreille. Cela devenait tout
à fait intéressant! Des lettres d'un soldat du front, là, à quelques
centimètres, dans la doublure de ce dolman! Il fit un signe imper-
ceptible à Paquita qui, l'instant d'après, venait s'asseoir tranquille-
ment à la table des internés et, sous un prétexte quelconque, leur
adressait la parole. L'espion sortit alors le *Figaro* de sa poche et,
l'air absorbé dans sa lecture, observa du coin de l'œil le trio. Victimes de la galanterie française, les jeunes gens tombaient aisément
dans le piège, impressionnés par la coquetterie et le charme, du reste
très spécial, de la danseuse. Après les préambules obligés, ils of-
frirent une consommation. Paquita affectait une gaieté étourdissante
qui amusait les deux amis, si longtemps sevrés de plaisir.

Quand von Muller jugea la partie bien engagée, il se dit que sa présence devenait superflue. Quelques phrases lui parvenaient à travers les mélodies de l'orchestre.

— Vous êtes sans doute à l'Université, vous avez demandé à suivre les cours? s'informait négligemment la danseuse.

— Mon ami est à la Faculté des lettres, mais moi je vais à l'Ecole des beaux-arts, je suis peintre.

— Oh! alors, s'écriait Paquita d'un ton d'enfantine supplication, vous me ferez mon portrait, dites; ce serait si gentil!

Von Muller, armé d'une forte loupe, examinait les missives (p. 7).

— Mais certainement, promettait l'interné, dès que j'aurai un atelier...

« Das ist prachtvoll! » se dit l'espion en se devant; ce qui peut se traduire librement par : « Ça marche sur des roulettes! »

Et, appelant le garçon pour payer, il dit exprès à très haute voix :

— On demandera sans doute M. Ferrier au téléphone. C'est moi-même. Vous direz que je n'ai pu attendre plus longtemps et que je suis rentré à l'hôtel.

Le chasseur avait été lui chercher ses vêtements au vestiaire. Il s'habilla, puis sortit d'un air de parfaite indifférence, sans regarder personne.

Dans la rue, une neige fraîchement tombée blanchissait le sol. Von Muller marcha d'un bon pas, sa canne sous le bras, et de temps en temps il se frictionnait les mains l'une contre l'autre. Mais ce n'était point pour les réchauffer : l'espion était content, les « affaires » s'annonçaient bien!

— Cette fille est vraiment intelligente, songeait-il. Si elle réussit à avoir les lettres, cela pourra être intéressant. Et même, si nous n'y trouvons pas de renseignements utiles — ce qui m'étonnerait, ces Français sont si naïfs! — elle fera bavarder ces garçons. Excellente, l'affaire du portrait! Décidément, j'ai eu raison d'amener avec moi cette fausse Carmen qui se morfondait dans un « tingel-tangel » (1) de Francfort...

Un quart d'heure plus tard, l'Allemand, arrivé chez lui, trouvait sur sa table quelques exemplaires d'un grand quotidien qui venait de se lancer à Genève sous le titre fallacieux de : *Paris-Express*. Ayant parcouru l'une des feuilles, il fit la grimace. Toute sa satisfaction s'était évanouie brusquement.

— *Schlecht! Drechlich!* murmura-t-il d'un air décourage. Ah! si on avait persisté dans la bonne voie!... Quel imbécile, ce Harter!

Nous verrons tout à l'heure les raisons de cette verte apostrophe.

II

Comment on fonde un journal de propagande

L'ARRIVÉE à Genève de l'espion von Muller avait été précédée de celle d'un autre agent — également stipendié par le fameux « fonds des reptiles » — le sieur Harter, ex-folliculaire anarchiste, vague professeur de français, le prototype de l'homme à tout faire.

Ancien fils de famille ruiné par ses vices, ce Harter avait accepté avec transport l'offre du major von Bismarck, attaché militaire de M. le baron von Romberg, chef de la légation d'Allemagne à Berne, de s'occuper activement à répandre la « vérité allemande » chez ces affreux « welsches », (terme de mépris désignant les Suisses-Français), coupables de trop ardentes sympathies ententophiles.

____

(1) Café-concert.

— Je compte sur vous, avait dit le major von Bismarck (un neveu de l'illustre ministre), pour combattre promptement l'influence détestable, en pays romand, de journaux comme la *Tribune de Genève*, la *Suisse* et la *Gazette de Lausanne*.

— Soyez certain, monsieur le major, que j'emploierai tout mon zèle à vous satisfaire, avait répondu le sieur Harter avec la plate obséquiosité des Allemands.

Et, à peine arrivé à Genève, il s'était abouché avec deux ou trois gens de lettres faméliques, comme il en existe partout, qu'à prix d'or il « convainquit » de la pureté de ses intentions.

Un de ces scribes de bas étages, nommé Pernod, plus avisé que les autres, avait préconisé des manœuvres louvoyantes, la publication d'articles à double face qui, tout en feignant d'admettre certains arguments ententistes, aboutiraient, par des arguties, à justifier le point de vue boche. Sur son conseil, on avait adopté le titre de *Paris-Express*, destiné à leurrer le public sur le véritable programme du journal. Aussi les premiers numéros furent-ils bien accueillis, d'autant plus qu'un écrivain suisse fort honnête, trompé lui-même par ces fourberies, y publiait des chroniques littéraires remarquées.

Mais les choses s'étaient gâtées au bout de quelques semaines par la faute de Harter, vaniteux imbécile que le succès grisa. Ce malotru n'imagina-t-il pas de se mêler de politique locale, de morigéner Pierre et Paul à propos de questions de clocher? Cela créa aussitôt contre le *Paris-Express* toute une phalange hostile qui se mit à scruter avec attention l'attitude de cet organe.

« Comment un quotidien, qui tire à un si grand nombre d'exemplaires qu'il peut en distribuer des milliers gratuitement et qui n'a presque pas de publicité ni d'abonnés, peut-il subsister? » questionnèrent les journaux sérieux.

On n'eut pas de peine à discerner ses véritables mobiles et la source impure de son budget.

On comprend maintenant le mécontentement de von Muller et la sévérité de son exclamation : — « Quel imbécile, ce Harter!... » Tout n'est pas rose dans le métier d'espion, il y a de bons et de mauvais comparses, des niais dont la maladresse compromet tout! Et von Muller songeait, en frissonnant, lui, l'épicurien jouisseur et douillet, à ces compromissions qui vous conduisent parfois, devant le conseil de guerre (tribunal militaire, comme on dit en Suisse) et vous obligent à de longs mois de prison en attendant, non le peloton d'exécution inconnu des pays neutres, mais les bagnes de Witzwil ou de Thorberg!...

Aussi fut-ce avec joie qu'au lendemain de sa soirée au bar, il reçut la visite de Paquita qui lui apportait les fameuses lettres, mêlées à l'interné français.

— Quelle brave fille tu es ! s'écria-t-il en embrassant la danseuse sur les deux joues. Et tu es sûre qu'il ne s'est aperçu de rien, qu'il ne pourra pas chercher à t'ennuyer ?

La fausse Carmen éclata de rire.

— Comment veux-tu, *lieber Schatz* (mon cher ami), il était ivre comme tout un mess d'officiers. Je n'ai eu qu'à plonger prestement la main dans son portefeuille, qu'il avait posé sur la table...

— Sur la table ? s'exclama von Muller, étonné.

— Tu sais bien que les Français sont de grands enfants... Ils racontent au premier venu leurs histoires intimes, avec une confiance vraiment comique. Celui-ci tenait absolument à me montrer les photographies de toute sa famille... Pendant une absence de son ami, sous couleur d'admirer son portefeuille, je lui ai... subtilisé les lettres. Il y avait des billets de banque à côté que j'ai eu soin de ne pas toucher pour ne pas qu'on m'accuse de vol.

— Très juste, approuva le Prussien en souriant. Il faut éviter à tout prix d'attirer l'attention de la police. Or, si on peut porter plainte à propos de valeurs, en revanche une affaire aussi insignifiante que celle-ci n'intéresserait guère l'autorité. D'ailleurs, que pourrait-on prouver ? Tu vas me laisser ces papiers et je me charge de les mettre en sûreté. Voyons d'abord ce qu'ils contiennent d'intéressant.

— Malheureusement pas grand'chose, répondit Paquita. Cependant l'une des lettres devait fournir des renseignements militaires car la censure a sabré de nombreux passages. Tu pourras toujours essayer d'effacer ces barres violettes avec un produit chimique et de reconstituer le texte.

— Bien entendu. Cela réussit souvent... Oh ! mais, voilà qui est amusant ! s'écria soudain von Muller qui, armé d'une forte loupe, examinait les missives en tous sens. Cette censure française est si bien faite qu'elle a laissé échapper, là, dans ce coin, tu vois ?... le nom de Reims, suivi de la date : 14 décembre. Voilà qui caractérise encore cette race d'étourdis et d'incapables !

Et l'espion, dans son accès de gaieté grossière, donna sur la table un formidable coup de poing qui fit danser l'écritoire et les papiers.

— Donc, le 14 décembre, reprit-il, le nommé Hector, puisqu'ainsi s'appelle le frère de cet interné, était à Reims, et nul doute que les phrases caviardées ne se rapportent aux opérations de guerre dans cette région.

Quelques minutes, von Muller garda le silence, absorbé dans ses réflexions. Paquita dégustait lentement un verre de porto qu'elle s'était servi elle-même, l'armoire de son ami étant toujours bien pourvue en gourmandises de tous genres. Le soir tombait, un soir maussade d'hiver brumeux et froid qui rendait funèbre le lac et ses rives lointaines qu'on apercevait de la fenêtre.

— A propos, dit soudain Paquita, j'ai fait hier la connaissance d'une petite camarade qui a le grand mérite de savoir très bien l'allemand et l'anglais.

— Quel genre de caractère? questionna le Prussien, aussitôt intéressé. Courageuse, audacieuse ou timide?

— Audacieuse, facile à apprivoiser, à ce qu'il me semble.

— Alors, envoie-la-moi. On peut y aller carrément : 600 francs par mois si elle entre dans notre équipe. Avec les timorées, j'use de moyens détournés. Tu te souviens de Juliette, la petite bonne vaudoise, partie pour la France, et que j'avais chargée de m'envoyer des renseignements sur les trains de munitions sous prétexte que cela rendrait service aux fabricants suisses que je connais?

— Oui, c'était lors de notre séjour à Lausanne. Et, à peine deux mois après son arrivée à Dijon, la pauvre petite se faisait pincer pour espionnage.

— L'imbécile! fit von Muller avec un gros rire cruel. Elle a protesté jusqu'au bout de son innocence, et le plus fort c'est qu'elle était sincère : elle se figurait naïvement envoyer des détails sans importance!...

Là-dessus, les deux comparses se donnèrent rendez-vous pour le lendemain, — ils devaient se revoir au bar, mais toujours en feignant de s'ignorer, — et un instant après le départ de Paquita, von Muller sortit à son tour pour aller à la rédaction du *Paris-Express*.

Quand il arriva aux abords du journal, sa surprise et son inquiétude furent grandes d'apercevoir une foule amassée sous les fenêtres des bureaux situés au premier étage et qui, comme d'habitude, étaient brillamment éclairés. Des groupes discutaient avec animation, on se passait de mains en mains un numéro où s'étalait une caricature! L'espion pressentit une nouvelle gaffe de Harter et il n'eut pas tort car, lorsqu'il eut regardé l'exemplaire incriminé, il constata que la caricature ne pouvait que froisser les sentiments du public suisse. C'était une lourde plaisanterie sur un député génevois qui, aux Chambres fédérales, avait prononcé un discours en faveur de la Belgique.

— Décidément, ce niais ne fait que nuire à notre cause, se dit-il à lui-même. A la première occasion, je lui ferai laver la tête par notre ministre...

Sa réflexion fut interrompue par une clameur soudaine (1). Une fenêtre de la rédaction venait de s'ouvrir et von Muller reconnut, sous la clarté des lampadaires électriques, la figure de Pernod qui essayait de haranguer la foule. Il n'en eut pas le temps, des sifflets

---

(1) Cet incident, ainsi que les autres épisodes de ce récit, sont authentiques.

strident couvrirent sa voix et, comme il s'obstinait, une grêle de pierres s'abattit brutalement sur les vitres.

Au bruit du verre cassé qui pleuvait sur le trottoir, von Muller s'empressa de tourner les talons. Il craignait fort les bousculades et jugea prudent de mettre à l'abri sa précieuse personne en attendant les événements.

III

Une tanière a espions

C OMME la plupart des villes suisses, Genève, la charmante station d'été que le décor de son lac bleu et des Alpes françaises rend si pittoresque, attire une foule d'étrangers. Pendant la guerre, ce flot de nomades fut particulièrement mêlé. Il s'y trouvait de tout, depuis l'infortuné à demi-ruiné par l'envahisseur jusqu'aux déserteurs, aux insoumis, graine d'espions et de malandrins.

Hans von Muller formulait une fois de plus ces réflexions en regardant défiler devant lui le public qui flânait sur le quai du Léman, la promenade préférée d'où l'on découvre le panorama splendide du mont Blanc. Confortablement installé à la terrasse d'un café chic, rendez-vous de la pègre dorée, il sirotait un apéritif, à demi caché derrière une colonne qui décorait la façade. Le jour baissait, mais on n'avait allumé encore que de rares lumières. L'espion se plaisait dans cette pénombre comme ces bêtes malfaisantes qui attendent la nuit pour accomplir leurs méchantes besognes.

Tout à coup, un groupe d'internés en uniforme, deux Français et un Belge, vint s'asseoir non loin de lui. Bien vite, à leur voix surtout, von Muller reconnut les victimes de Paquita rencontrées l'autre soir au bar. Il se rencogna derrière sa colonne, tendant l'oreille néanmoins, soucieux de saisir au vol quelques phrases. Rendus prudents, sans doute, par leur mésaventure, les deux Français parlaient à mots couverts, mais le Prussien pouvait deviner le sens de l'entretien.

— Cette femme est une coquine, elle m'a grisé comme un potache, c'est idiot à mon âge, racontait l'un d'eux au Belge qui paraissait fort ému de l'aventure.

— Nous avons songé à porter plainte, ajoutait l'autre, mais, outre que cela nous ennuierait d'avouer que nous avons été jobards, quel délit invoquer? Et comment prouver quoi que ce soit?

— Allei, allei, ce n'est pas drôle d'être chez les neutres, répondait le Belge avec son bon accent bruxellois. Je vois qu'il faut se méfier comme avec le diable.

— Heureusement, reprenait le premier, que la censure avait biffé le plus compromettant. Mais ces sales espions ont les moyens d'éclaicir l'encre et de reconstituer les phrases. D'ailleurs moi-même, en lisant à contre-jour, j'ai pu comprendre qu'il s'agissait d'un nouveau modèle d'avion.

— Mais, frère, sais-tu, il est bête d'écrire de pareilles choses, s'écria naïvement le Belge.

— Je te l'accorde, mais son excuse est que nous autres Français nous avons tous la manie de raconter ce qui nous traverse l'esprit. Nos journaux sont pleins d'objurgations à ce sujet.

— Méfiez-vous, taisez-vous, dit en souriant le second Français, des oreilles ennemies vous écoutent!

A ces mots, von Muller dut mettre la main sur sa bouche pour réprimer un rire impérieux. Puis il se leva doucement, le dos toujours tourné et se défilant, rentra dans le café pour sortir sur l'autre rue. Revenu sur le quai du Léman, dédaigneux de la splendeur du paysage où le soleil, à son déclin, irradiait toute sa clarté sur les pics du mont Blanc, il héla un taxi et se fit conduire à la destination que nous allons voir.

*
**

On sait que le canton de Genève forme comme une presqu'île qu'entoure la France de trois côtés. Seul le rattache au territoire de la Confédération son voisin le canton de Vaud. Du côté d'Annemasse (chef-lieu d'arrondissement de la Haute-Savoie), la frontière zigzague le long du Foron, affluent de l'Arve, large de deux à trois mètres et, du reste, souvent à sec. Rien de plus facile, par conséquent, malgré l'active surveillance des douaniers et des gendarmes suisses et français, que de sauter ce cours d'eau et de se mettre à l'abri.

L'embouchure du Foron est à trois kilomètres environ des faubourgs de la ville. C'est une région accidentée, agrémentée de boqueteaux, de haies, de vallonnements qui rendent l'observation assez difficile. Par-ci, par-là, une hutte de roseaux dissimule l'embuscade d'un douanier. Depuis 1915, on a barré le petit pont de Villette (jusqu'à cette époque la frontière était complètement ouverte de ce côté) et tendu des fils barbelés dans les taillis du bord de l'eau.

— J'ai été poursuivi par les gendarmes français (p. 13).

C'est dans cet endroit que von Muller se faisait conduire en auto-taxi tandis que le soir tombait et noyait de brume les berges du Foron. Arrivé à l'entrée d'un chemin vicinal bourbeux, trop étroit pour le passage de la voiture, il fit arrêter, paya et s'éloigna rapidement dans l'ombre humide. Au bout de quelques minutes, ayant atteint la lisière d'un jardin clos de haies enchevêtrées et au bout duquel on apercevait le profil d'une maisonnette, il poussa une porte de bois et entra comme chez lui. Le Foron longeait l'un des bords de cette propriété. Du côté du ruisseau, la haie était plus basse et déchiquetée çà et là. Passer d'une rive à l'autre, c'est-à-dire de Suisse en France, n'était qu'un jeu.

— C'est moi, père Antoine, ouvrez-moi, cria von Muller à travers une fenêtre du rez-de-chaussée à laquelle il avait heurté d'une façon convenue.

De gros souliers traînèrent sur les dalles, un grincement de serrures se fit entendre et, finalement, l'espion pénétra dans une cuisine qu'un feu de sarments éclairait faiblement.

— Salut, monsieur Muller, fit une voix enrouée par le trois-six, donnez-vous la peine de vous asseoir, je vais faire de la lumière.

tant d'après, une petite lampe fumeuse jetait sa clarté sur le mobilier, chaises de paille, table de sapin où une bouteille débouchée trônait à côté d'un verre à moitié plein, et les murs où pendaient fusils de chasse, carniers et attirails de pêche. Le père Antoine était un de ces écumeurs de frontières qui vivotent tant bien que mal du produit de leur braconnage et de leur contrebande. Admirablement située, sa tanière lui permettait d'explorer les rivières et les taillis de la Haute-Savoie et d'emmagasiner dans les cryptes invisibles de sa cave les marchandises prohibées, — le tout avec une rouerie qui narguait tous les soupçons. Aussi von Muller avait-il fait un coup de maître le jour béni où il avait découvert un pareil partenaire.

— Vous attendez quelqu'un ce soir? questionna le vieux gredin en posant devant le Prussien le verre qu'il venait de remplir.

— Oui, c'est-à-dire, d'après mes prévisions, je crois bien que Walter arrivera cette nuit... A propos, n'auriez-vous pas reçu un message?

— J'allais vous le dire, j'allais vous le dire, monsieur Muller, dit le père Antoine en se dirigeant vers une cachette d'où il sortit un mince étui de celluloïd qu'il tendit à l'espion.

— Donnez vite, dit ce dernier qui retira de l'étui un papier pelure couvert de chiffres qu'il se mit à examiner avec une forte loupe.

Il y eut un court silence pendant lequel von Muller, penché sous la lampe, transcrivait rapidement le cryptogramme. Le vieux braconnier, habitué à ces scènes, fumait à petits coups son brûle-gueule en sirotant son eau-de-vie.

— Quand le pigeon est-il arrivé? demanda l'espion sans lever les yeux.

— Je l'ai trouvé ce matin en visitant le grenier. J'ai bien pensé qu'il annonçait votre visite.

— Oui, Walter m'informe, en effet, qu'il tâchera de passer la frontière aujourd'hui. Je l'ai averti, voici trois jours, comme d'habitude, au moyen d'une annonce dans le *Moniteur suisse*, qu'il achète tous les jours à Ambérieu, où il surveille le centre d'aviation.

— Ah! oui, fit le père Antoine, votre annonce convenue avec lui, où il est question d'une entreprise de cinéma à vendre et qui signifie : « Je t'attends tel jour, telle heure. »

— C'est cela même; les journaux suisses nous sont très utiles pour ce genre de correspondance qui parvient à nos agents en France dans les vingt-quatre heures, tandis qu'une lettre, d'ailleurs soumise à la censure, mettrait huit jours... Et dire, ajouta von Muller avec un gros rire, que ces damnés Français ont interdit à leurs journaux vendus à l'étranger d'insérer des annonces, de crainte d'espionnage précisément, mais sans penser que l'on pouvait faire l'inverse avec des journaux étrangers vendus en France!

Sur ce il saisit la bouteille, et il allait se verser une large rasade lorsque des coups de feu, tirés non loin de la maison, lui firent faire un haut-le-corps. Brusquement, par prudence instinctive, le père Antoine avait soufflé la lampe. Seule la lueur rougeoyante du foyer éclairait maintenant la pièce où la silhouette des deux hommes se découpait en noir d'encre.

— Qu'est-ce que c'est? murmura l'espion, heureux qu'on ne pût voir sa pâleur soudaine.

Une détonation plus rapprochée éclata encore tandis qu'une balle égarée faisait voler en éclats le cadre de la fenêtre. Von Muller poussa un cri et bondit en arrière tandis que le braconnier sautait sur un des fusils pendus au mur. Au même instant, des pas précipités foulèrent le gravier du jardin, quelqu'un vint frapper à la porte en articulant, d'une voix haletante :

— *Ich bin Walter... Machen sie aüf...* (Je suis Walter, ouvrez.)

L'espion, qui avait cru reconnaître la voix de son acolyte, se risqua à ouvrir prudemment, tenant d'une main un revolver et de l'autre sa lampe électrique de poche dont il braqua le rayon sur le nouveau venu.

— *Gott sei danck!* c'est bien toi, dit-il en faisant entrer le personnage... Mais dans quel état, bon Dieu! s'écria-t-il lorsque, installés dans la chambre du premier, dûment verrouillée, ils purent rallumer la lampe.

Walter s'était laissé tomber sur une chaise en gémissant.

— J'ai été poursuivi par les gendarmes français, expliqua-t-il. Ils ont même réussi à me loger une balle dans le bras.

Et il montrait son bras droit qui pendait, inerte, dans sa manche maculée de boue et de sang.

A cette vue, von Muller lâcha un de ces interminables jurons allemands qui roulent comme le tonnerre dans les montagnes. Puis, après quelques paroles de consolation, le devoir professionnel reprenant le dessus, il s'empressa de demander :

— Et les renseignements? Apportes-tu quelque chose de sérieux?

Pour toute réponse, Walter se borna à tirer de sa poche une liasse de papiers soigneusement ficelés.

— J'ai consigné ici tout ce que j'ai vu. J'ai pu même me procurer des photographies d'appareils et de moteurs.

A ces mots, von Muller se frictionna les mains d'un air radieux.

— Bravo, camarade! Si la prise est bonne, c'est au moins 5.000 marks de gratification qui tombent dans notre poche. Car, moi aussi, j'ai pu découvrir quelque chose de très intéressant...

Et il allait développer sa pensée, expliquer que c'était précisément au moyen des lettres volées par Paquita — et reconstituées après lavage chimique — qu'il avait été mis sur la piste d'une histoire de nouveaux avions de bombardement. Comme Walter était chargé d'espionner le centre d'aviation d'Ambérieu (sur la ligne Lyon-Genève), il avait jugé utile de confronter ses découvertes avec les siennes.

Mais à peine avait-il commencé de parler que l'arrivée du père Antoine l'interrompit, — un père Antoine agité et anxieux, qui, une main levée, imposant silence, leur ordonna d'une voix pressée, inhabituelle :

— Vite, descendez dans ma cave... Les gendarmes suisses rôdent par là, attirés par les coups de feu... Je viens de faire un tour de jardin, j'en ai aperçu derrière ma haie... Il ne faudrait pas qu'on vous voie...

Sans un mot, les deux Prussiens échangèrent un regard angoissé et se levèrent. Mais Walter ne put retenir une plainte. Sa blessure le faisait beaucoup souffrir. Maintenant, la fièvre commençait à le tourmenter.

— A boire, demanda-t-il. Je ne puis passer la nuit comme ça.

— Craignez rien, murmura le vieux en les guidant. Quand vous serez à l'abri, vous aurez tout ce qu'il vous faut. D'ailleurs, ma cave est confortable, vous verrez.

— C'est vrai, confirma von Muller, qui soutenait son camarade tout en descendant l'interminable escalier du sous-sol; j'ai visité l'endroit naguère.

La maisonnette du père Antoine, si médiocre à l'extérieur, possédait, en effet, de vrais souterrains de château-fort. Arrivé au fond d'une première pièce, d'apparence banale et garnie comme il convenait de tonneaux et d'une provision de combustible, le contrebandier déplaça quelques bûches d'une pile de bois et poussa une trappe qui donnait accès dans un réduit. Le blessé réussit, non sans peine, à se glisser par cette étroite ouverture.

— Là, vous serez chez vous, dit le vieux en promenant la lueur de sa lanterne autour de lui.

— Oui, mais à boire, je vous en conjure, répéta Walter, dont les joues étaient brûlantes.

— Tenez, là, à côté, vous ne trouverez pas de meilleure eau dans tout le pays, fit Antoine en éclairant une source dont l'eau transparente traversait la cave et allait se perdre sous un mur.

Tout auprès, il y avait des verres et un garde-manger. Walter but avidement.

— Pour moi, je préfère ceci, dit von Muller qui fit jouer le robinet d'un tonneau.

— Vous voyez, remarqua le vieux, on ne manque de rien, ici. J'en ai logé bien d'autres que vous, braconniers ou contrebandiers, bref, des copains à moi qui étaient poursuivis... A la vôtre, ajouta-t-il en trinquant avec von Muller qui lui avait tendu un des verres.

remplis au tonneau... Là-dessus, je retourne monter la garde. Quand tout paraîtra tranquille, je reviendrai vous chercher.

Il leur laissa la lanterne puis, ayant allumé un rat-de-cave, il disparut par la trappe. On l'entendit assujettir soigneusement les bûches et le bruit de ses pas s'éteignit.

— *Herr Gott, sacrament!* grogna alors Walter, que la douleur rendait furieux. Allons-nous passer la nuit dans cette maudite tanière?

— Mais non, camarade, répondit von Muller d'un ton presque jovial, — il avait ouvert le garde-manger et s'était mis à attaquer un gruyère qui voisinait avec une miche de pain bis. — T'en fais pas, comme disent les héroïques poilus, ajouta-t-il en riant lourdement. D'ici une heure nous serons sur la route de Genève.

Et il avala une nouvelle rasade de l'excellent vin du braconnier sans plus s'inquiéter des souffrances de son compagnon, qui l'intéressaient fort peu puisqu'elles ne le concernaient pas.

IV

Les prospectus défaitistes

Les coups de feu des gendarmes français ayant éveillé l'attention de la police suisse, une enquête avait été ordonnée. Une perquisition eut lieu chez le père Antoine, depuis longtemps suspect, ainsi que nous l'avons vu. Mais le vieux renard était trop madré pour laisser paraître le plus faible indice. Aussi l'affaire n'avait-elle pas eu de suites. Mais, par extrême prudence, von Muller et Walter, dès le lendemain de l'incident, avaient jugé utile de s'éclipser et ils étaient partis pour la Suisse allemande.

Walter alla se faire soigner dans un sanatorium de l'Engadine, tenu d'ailleurs par un Boche comme nombre d'établissements similaires prétendus suisses. Située dans le canton des Grisons, mi-allemand mi-italien, l'Engadine devint, pendant la guerre, une sorte de province prussienne. L'industrie du tourisme, principale ressource de ce pays alpestre, a créé les stations célèbres de Saint-Moritz, Pontresina, Samaden, etc., petites cités d'hôtels, désertées dès 1914, et que l'arrivée des internés allemands remplit d'une foule d'uniformes boches pour la plus grande satisfaction des hôteliers menacés de faillite. Le gouvernement fédéral eut, en effet, la prudence — autant que faire se pouvait — de classer les prisonniers qu'il hospitalisait selon les sympathies de race : les Français dans la Suisse française, leurs ennemis dans la partie allemande du pays.

C'est donc au milieu de nombreux compatriotes, dont plusieurs devinrent ses amis, que Walter passa une convalescence paisible qui lui fit bientôt oublier les angoisses de son « accident ». Admirablement situé, en face du lac de Saint-Moritz, joyau d'azur enchâssé entre des pentes vert sombre que dominent des pics de glace, le sanatorium offrait une véritable oasis de sérénité et de repos. Malgré l'hiver, un magnifique soleil étincelait dans le ciel pur, invitant à la promenade et à l'action. La santé de Walter fut bientôt assez rétablie pour lui permettre de prendre sa part des joies des « sports de neige » qui sont, comme on sait, la grande attraction de l'Engadine.

Un jour que l'espion chaussait ses skys avant de s'élancer sur la piste, grande fut sa surprise de voir arriver vers lui von Muller dont il était sans nouvelles depuis quelque temps. Les deux comparses se serrèrent la main avec effusion, heureux de se retrouver sains et saufs en lieu sûr.

— Tu viens aussi te reposer quelques jours? demanda Walter après que l'autre l'eût félicité de sa prompte guérison. Tu prends de petites vacances?

— Trop courtes, hélas, fit von Muller en nouant son passe-montagne qu'un vent glacé faisait voltiger. J'ai passé un jour à Coire et il faudra qu'après demain, déjà, je prenne le chemin de Lucerne, où je suis convoqué.

Autour d'eux, des officiers chamarrés circulaient sur la plateforme qui occupait un bord de la patinoire. Les ors des galons, les visières des casquettes brillaient, les couleurs des uniformes s'accusaient, plus vives, sur la blancheur immense du paysage. A la buvette, des ordres rauques et brefs, adressés au personnel obséquieux, sonnaient comme des commandements. Ces gens-là se conduisaient absolument comme chez eux. Von Muller en fit la remarque :

— On se croirait au mess, dit-il en riant. Cela me rappelle Ludwigsburg où je commandais une batterie. Et toi, questionna-t-il après un silence, vas-tu bientôt reprendre du « service », resteras-tu en Suisse?

— Je ne crois pas, répondit Walter. D'après une lettre que j'ai reçue hier, il me faudra sans doute aller en Belgique.

— Alors, nous ne nous reverrons pas de sitôt car on a encore besoin de moi ici.

Sa prévision était justifiée car, lorsque von Muller partit, deux jours après, ce fut pour « travailler » dans un domaine tout à fait différent. Comme il l'avait annoncé, il alla d'abord à Lucerne.

Là, trônait le trop célèbre prince von Bulow, ancien chancelier de l'Empire, envoyé en Suisse pour perfectionner et coordonner certains services dont les grands chefs étaient à Berne.

On se rappelle que la presse bochophile annonça à maintes reprises que le prince séjournait à Lucerne (en hiver!) pour raison de santé. Le prétexte parut d'autant plus ridicule quand on sut que Son Excellence était accompagnée d'une vingtaine de secrétaires et qu'un tac-tac perpétuel de machines à écrire emplissait les couloirs de son hôtel.

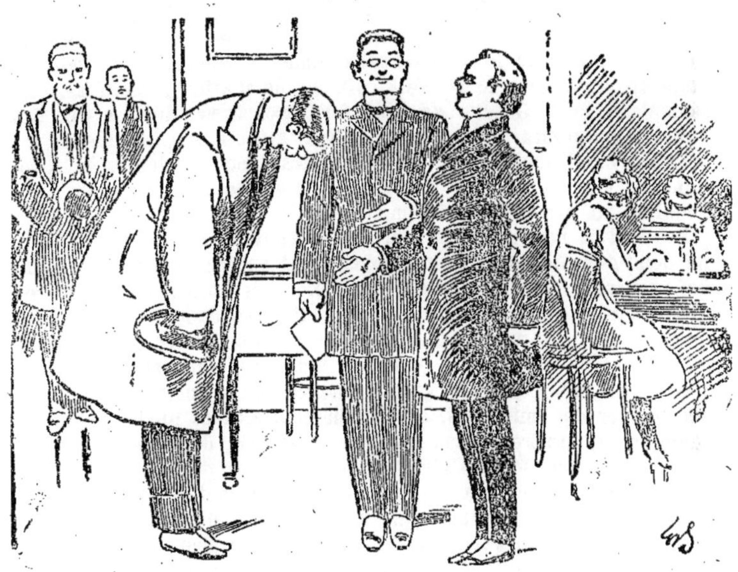

Ils échangèrent quelques phrases de politesse (p. 18).

Ce bruit familier fit sourire de plaisir von Muller le jour où il se présenta au Palace, transformé en une sorte de ministère, pour prendre les ordres de ses supérieurs.

— On fait du bon travail ici, quelle activité de ruche bourdonnante! dit-il en pénétrant dans le bureau du personnage préposé à la propagande.

— Ah! c'est vous, von Muller, répondit ce dernier (tête de jeune officier prussien en civil), on vous attendait justement. Je vais prévenir M. le directeur de votre arrivée. Vous n'aurez pas le temps de vous ennuyer à Lucerne. On va vous confier une nouvelle mission.

— Enchanté, M. le « *fæhnrich* » (sous-lieutenant), fit von Muller, empressé, je suis toujours fier et heureux de servir Son Altesse et la Patrie.

L'officier allait passer dans la pièce voisine lorsqu'on frappa à sa porte. Un petit homme brun et replet entra, se cassa en deux dans une révérence comique à force d'obséquiosité.

— Ravi de vous voir, mon cher docteur, dit le secrétaire en lui serrant la main. Je sais que vous avez fait d'excellente besogne. Grâce à vous, nos stocks alimentaires se sont considérablement enrichis. Mais ce n'est plus moi qui m'occupe de ce service, c'est mon collègue Volker. Si vous voulez vous adresser au n° 34...

Ils échangèrent quelques phrases de politesse, puis le nouveau venu alla rejoindre le fonctionnaire indiqué. Von Muller avait reconnu en ce visiteur le Dr Falk, officier de marine démobilisé, correspondant de la *Gazette de Francfort*, accapareur notoire, dix fois expulsé et toujours présent, malgré tout, grâce à son impudente audace. Les manigances de ce Dr Falk défrayèrent longtemps la chronique des journaux suisses scandalisés de ses accaparements de marchandises au profit de l'Allemagne.

Pendant le temps que von Muller attendit le retour de l'officier, une demi-douzaine d'individus traversèrent encore la pièce. Il distingua au passage quelques profils de notoriétés boches du service de l'espionnage. Les expressions les plus diverses étaient représentées, depuis le vulgaire mouchard, chargé de surprendre les conversations et d'inciter aux confidences, jusqu'au monsieur ganté et sanglé dans sa redingote, secrétaire de grand financier ou d'homme-lige chargé de combiner des entrevues, en terrain neutre, avec quelques-uns de ces immondes traîtres, hélas français ou anglais, disposés à trafiquer de leur influence. Parfois deux ou trois de ces personnages, qui se connaissaient, s'arrêtaient et causaient un instant. Chose curieuse, qui aurait surpris tout autre que von Muller, habitué au milieu, les accents et les langues les plus diverses se faisaient entendre. Car des renégats de toutes nationalités — comme le prouvent aujourd'hui tant de procès en trahison — étaient au service des Boches. L'intonation rauque du « Schwob » (Allemand du Sud) se mêlait au ton aigu et labial du Russe ou au grasseyement parisien. Puis les groupes se séparaient vivement, chacun se dirigeant vers des pièces opposées du vaste hôtel où le tac-tac incessant des machines à écrire crépitait toujours de tous côtés comme en une vaste agence télégraphique.

Mais une porte s'ouvrit à deux battants et von Muller assista à cette scène : un grand vieillard majestueux s'avançait, suivi de deux secrétaires et, soudain, les conversations cessèrent, les têtes s'inclinèrent légèrement. C'était H*** C***, cet Anglais que son amour de la musique avait amené à épouser la fille du dieu Wagner et qui, plus emboché que Hindenbourg lui-même, était devenu le thuriféraire du pangermanisme, le premier propagandiste du *Deutschthum*, — « la plus grande Allemagne ». Ce maître vénéré faisait de fréquents séjours à Berne où son influence était souvent mise à contribution.

A peine eût-il traversé le bureau que le fæhnrich reparaissait enfin et, s'approchant aussitôt de von Muller :

— Je vous ai fait attendre, dit-il en s'excusant. M. le directeur est très absorbé par une difficulté qui a surgi à Lugano entre notre consul et l'autorité suisse. Aussi n'a-t-il pas le temps de vous recevoir. Mais voici les instructions écrites qu'il a fait préparer pour vous, ajouta-t-il en remettant un pli à von Muller. En deux mots d'ailleurs voilà ce que c'est : vous devez partir immédiatement pour Bâle y surveiller l'arrivée de colis contenant des prospectus. Vous en organiserez la diffusion. On ne saurait trop travailler l'opinion suisse.

— Certes M. le fæhnrich, répondit von Muller avec un sourire qu'il croyait finement spirituel : les petits cadeaux entretiennent l'amitié.

Il s'agissait d'un de ces vastes lancements de brochures et prospectus remplis de récits mensongers — ce qu'ils appelaient la « vérité allemande » — et destinés, de concert avec des journaux comme le *Paris-Express*, à diffamer tout ce qui venait de l'Entente, à prétendre que l'Allemagne seule avait raison, — bref, à affirmer à coups d'ineptes arguties que « la neige est noire » (le mot est de feu le rédacteur en chef du *Journal de Genève*, M. Albert Bonnard). Durant toute la durée de la guerre la Suisse entière a été inondée de ces infects papiers qu'on distribuait de toutes façons, dans les cafés, dans les hôtels, chez les commerçants et même à domicile.

Le soir même, l'espion partit pour Bâle, et dès son arrivée dans cette ville il se mit en rapport avec un chef d'équipe, individu taré qui avait été successivement clown, cabaretier, cambrioleur et bien d'autres choses encore — insigne tripouille dans le genre du père Antoine et bien digne de la honteuse besogne qu'il acceptait.

— Vous voyez ces paniers de vins de champagne, avait expliqué l'espion à ce personnage nommé Rosenman ; avec vos hommes, vous déballerez soigneusement les bouteilles, car c'est du vin véritable que nous allons vendre, d'ailleurs, et dans le double-fond d'osier vous trouverez les liasses de brochures. Vous les monterez soigneusement au premier étage, et c'est de là que se feront les expéditions.

Von Muller disait vrai : ces bouteilles contenaient du champagne authentique volé lors de la grande offensive et expédié en Allemagne. On a pu lire, à cette époque, dans les journaux suisses, des annonces offrant ces vins à des prix invraisemblables de bon marché.

Le sieur Rosenman embaucha à son tour deux ou trois chenapans de son espèce qui, grassement payés, se mirent au « travail » dans la boutique qu'avait louée l'espion à cet effet.

Importés de cette façon — pour éviter la censure suisse — les prospectus n'arrivaient pas par grandes quantités à la fois et leur transport dura un certain temps. Aussi von Muller allait-il fréquemment soit à la gare, soit à Riehen (village frontière) par où des chargements pénétraient dans des camions.

Riehen est presque un faubourg de Bâle. Dès 1914, la grande route d'Allemagne fut coupée par une palissade dans laquelle était ménagée une porte pour le passage des voitures. A droite, un couloir étroit, de la largeur d'un homme, obligeait à défiler devant une guérite où les fonctionnaires boches vérifiaient les passeports. Sitôt ce pas franchi, nouvelle guérite où veillaient douaniers et policiers. Enfin, un corps de garde, plein de soldats et, de place en place, le long de la route, des sentinelles « feldgrau » dont la silhouette, sur l'horizon, avait l'air modelée dans de l'argile grise. A gauche, un immense drapeau impérial, hissé à un mât, faisait face au drapeau fédéral, planté de l'autre côté de la palissade.

Sur territoire suisse, cette mise en scène guerrière n'existait pas. Il n'y avait qu'un poste de douanes devant lequel une seule sentinelle, qui n'avait rien de farouche, faisait les cent pas. La mentalité et le caractère des deux peuples se trouvaient symbolisés de cette façon, l'un farouche, soupçonneux, brutal, l'autre bienveillant, et confiant, — trop confiant. Cependant, cette belle confiance avait, parfois, des exceptions, surtout quand le poste suisse était inspecté par quelque officier de la Suisse française, que la vue de l'uniforme boche agaçait particulièrement. C'est une semblable circonstance qui fut fatale aux manœuvres frauduleuses de von Muller et interrompit brusquement, comme nous allons le voir, sa carrière d'espion

*
**

Cet après-midi-là, par un affreux temps de neige et de bourrasque (spécialement choisi, d'ailleurs, comme étant plus favorable à la contrebande, vu la hâte des agents à rentrer se réchauffer dans leur baraquement), von Muller, embusqué derrière les vitres du café qui avoisine la douane, guettait l'arrivée d'un de ses camions. Il tambourinait sur la table tout en sirotant un grog bouillant, le regard fixé au delà de la frontière où circulaient quelques soldats casqués. Des compères, ces soldats et ces douaniers, ses compatriotes : avertis du passage des chargements de champagne, tous adressés

— Je suis le représentant de la maison « Selecta » (p. 23).

à « M. Ferrier, représentant de la *Selecta Limited, Bâle* », ils s'empressaient d'ouvrir la palissade, n'examinaient que pour la frime les paperasses d'usage. Du côté suisse, les formalités étaient peu sévères, von Muller ayant exhibé, dès le début, des recommandations spéciales. (L'influence protectrice de M. le ministre von Romberg s'étendait loin, à ce moment-là.)

Le jour baissait déjà quoiqu'il fût à peine 4 heures. Dehors, la tempête faisait rage, accumulant la neige sur un côté de la route.

— Bon, songea l'espion, la voiture va bientôt arriver, c'est à la tombée de la nuit qu'on l'expédie généralement. Comme d'habitude, je présume que tout ira bien.

A peine venait-il de formuler cette pensée rassurante, qu'un lieutenant suisse et un fonctionnaire des douanes entrèrent dans le café et se mirent à converser avec animation. Von Muller eut la désagréable surprise d'entendre qu'ils parlaient français.

— Encore de ces sales « welches », marmonna-t-il. Pourvu qu'ils me fichent la paix !

Le lieutenant témoignait, en termes véhéments, toute son indignation d'une nouvelle violation du territoire suisse par des aviateurs boches.

— C'est au moins la dixième fois que ces coquins se permettent de survoler notre pays, disait-il avec colère. Leur ministre va encore présenter des excuses et ils recommenceront à la première occasion. Notre neutralité n'est plus qu'une mauvaise plaisanterie.

— Bien heureux, encore, approuvait le fonctionnaire, quand ils ne bombardent pas nos villes, comme à la Chaux-de-Fonds et à Porrentruy.

— Nous sommes beaucoup trop conciliants, reprenait le lieutenant. Nous avons peur de montrer les dents. La vérité, c'est que von Romberg nous roule dans la farine et que le réseau inextricable de ses agences d'espionnage, d'accaparement et de corruption étouffe le pays... Ah ! quant à moi, si jamais je réussis à pincer sur le fait un de ces ignobles espions qui nous infestent, il passera un mauvais quart d'heure, je puis l'assurer !

— Vous aurez bien raison, conclut son camarade. De mon côté, je me promets d'être sévère. Ainsi, tenez, ce poste n'est pas assez surveillé. Je sais qu'il se passe des choses parfois irrégulières et, ajouta-t-il en baissant la voix, je suis venu, précisément, en tournée d'inspection...

Von Muller, qui depuis un instant se sentait fort inquiet, ne réussit pas à saisir la fin de la phrase. D'ailleurs, à cette minute, il aperçut son camion qui franchissait la barrière, largement ouverte par les soldats casqués. Il s'empressa de sortir, mû par l'instinct de surveiller la manœuvre, quoiqu'il n'eût pas à intervenir. Impulsion maladroite, sortie intempestive dont le résultat fut d'attirer l'attention du lieutenant et du fonctionnaire. Celui-ci saisit l'ocasion qui lui était offerte de vérifier le travail de ses subordonnés. Accompagné de l'officier, il traversa la route et, tout aussitôt, se mit à gourmander les douaniers qui, les doigts gelés, se bornaient à un examen superficiel.

A la vue de leur supérieur, les douaniers s'empressèrent, alors, de faire du zèle. Ils empoignèrent les paniers, les ouvrirent et commencèrent à en extraire les bouteilles.

Malgré le froid et la bourrasque, von Muller, qui ne les quittait pas des yeux, sentit la sueur perler à ses tempes. Ce fut plus fort que lui : il s'approcha, il voulut parlementer.

— Pardon, messieurs, intervint-il avec un sourire jaune, je crois que cet envoi me concerne. Je suis le représentant de la maison *Selecta*, à Bâle, et vous savez que nous recevons souvent des expéditions semblables...

Il fut interrompu assez rudement par le fonctionnaire :

— De quoi s'agit-il, monsieur? Vous essayez d'influencer mes agents? Veuillez vous mêler de ce qui vous regarde.

— Mais, insista von Muller, vexé, j'ai bien le droit, il me semble, puisqu'il y a là des marchandises...

— Prenez garde, monsieur, brusqua le fonctionnaire en fronçant les sourcils. Votre attitude me déplait et je vous prie de vous retirer.

A ce moment, un douanier s'approche de son chef et l'avertit qu'on venait de découvrir quelque chose d'insolite dans le panier.

— On dirait que c'est à double-fond, expliqua-t-il. Nous avons sondé, on sent des épaisseurs de papier...

Von Muller, en entendant ces mots, avait pâli et, machinalement, il recula vers la frontière allemande. Un pressentiment l'avertissait que là était le salut.

— Des papiers! s'exclama le fonctionnaire avec un haut-le-corps. Encore un coup de ses infâmes espions. Mais vous, le destinataire, hurla-t-il en s'adressant soudain à von Muller, nous expliquerez-vous...

Il s'interrompit, car l'officier, son camarade, qui avait assisté à toute la scène, venait d'empoigner l'espion au collet.

— J'en tiens un! s'écria-t-il. A moi, la garde! Nous allons le fouiller!

Mais l'espion, doué d'une force herculéenne, se débattit. Il réussit à entraîner l'officier tout près de la palissade derrière laquelle veillaient des soldats allemands.

— Tu ne m'auras pas, damné « wélsche », râla von Muller en se défendant à coups de poing; va-t'en au diable...

Cependant, l'officier, furieux, redoublait d'efforts tandis que les douaniers accouraient pour lui prêter main-forte; il allait terrasser son adversaire lorsque celui-ci parvint à empoigner la barrière.

— A moi, camarades! cria-t-il aux soldats « feldgrau ».

Alors, on vit cette chose absolument ignoble mais qui ne fut qu'un incident de plus à l'actif de l'infamie allemande : un sous-officier teuton eut d'incroyable audace d'envoyer, par-dessus la frontière, un coup de plat de sabre au lieutenant suisse qui, étourdi, lâcha prise. D'un bond, von Muller franchit la barrière et disparut à l'abri des baïonnettes allemandes...

Quelques semaines plus tard, le scandale Hoffmann — ce conseiller fédéral obligé de donner subitement sa démission, chose inconnue dans les annales parlementaires suisses, ouvrit les yeux de la grande majorité des Suisses sur les dangers de l'espionnage boche et de l'ingérence de la légation allemande. Il y eut de nombreuses arrestations et expulsions. L'ancien clown-cabaretier Rosenman, pincé dans l'affaire des tracts défaitistes, fut renvoyé devant le tribunal militaire. La publication du *Paris-Express* fut interdite et l'anarcho-pangermaniste Harter expulsé. Expulsée aussi la fausse Carmen, dite Paquita, qui avait réussi, entre temps, à faire d'autres victimes parmi les clients du bar.

Peu à peu la Suisse se nettoyait de sa vermine boche

FIN

www.ingramcontent.com/pod-product-compliance
Ingram Content Group UK Ltd.
Pitfield, Milton Keynes, MK11 3LW, UK
UKHW021713090726
13657UKWH00005B/2217